SEPT NUITS

DU MÊME AUTEUR

Le Boucher, Le Seuil, 1988.
Lucie au long cours, Le Seuil, 1990.
Au corset qui tue, Gallimard, 1992.
Quand tu aimes il faut partir, Gallimard, 1993.
Derrière la porte, Robert Laffont, 1994.
La Nuit, Joëlle Losfeld, 1994.
Le chien qui voulait me manger, Gallimard, 1996.
Il n'y a plus que la Patagonie, Julliard, 1997.
Poupée, anale nationale, Zulma, 1998.
Moha m'aime, Gallimard, 1999.
Corps de femme, Zulma, 1999.
Lilith, Robert Laffont, 1999.
L'Exclue, Mille et Une Nuits, 2000.
Autopsie, www.inventaire-invention.com, 2000.
Nus devant les fantômes, Franz Kafka et Milena Jesenska, Édition° 1, 2000.
Ma vie douce, Zulma, 2001.
La Vérité nue, avec Stéphane Zagdanski, Pauvert, 2002.
Politique de l'amour, Zulma, 2002.
Une nuit avec Marilyn, Zulma, 2002.
Satisfaction, Robert Laffont, 2002.
La Chasse amoureuse, Robert Laffont, 2004.

ALINA REYES

SEPT NUITS

roman

ROBERT LAFFONT

ISBN 2-221-10338-6

à l'Amour en silence,
et aux poètes cités : Kawabata, Gogol,
Kafka, Breton, Black Elk, Nietzsche, Keats.

Première nuit

Je suis arrivée à minuit, selon ses instructions. Hôtel agréable mais discret.

— Je suis attendue, chambre 58.

— Tout de suite sur votre gauche... Bonsoir, madame.

J'aurais peut-être pu ne rien dire ? Ou dire « mon mari m'attend » ? Mais je n'ai pas de mari, et je n'en veux pas. Pourquoi me soucier de ce que le veilleur de nuit pouvait penser ? Comme s'il n'en avait pas vu d'autres... Mais je me moque de ce que font les autres, et de ce qu'ils peuvent penser. Si au moins ça pouvait l'exciter un peu... d'imaginer...

Mais je n'avais pas fait un pas que je ne me souvenais déjà plus de son visage. Les autres sont-ils vivants, ont-ils corps et âme, ou sont-ils des fantômes ? Mais avant qu'il ne soit rendu derrière moi à l'ombre, je ne pensais déjà plus à lui.

Dans l'ascenseur j'ai relevé ma robe pour vérifier mes bas autofixants. Pour notre première fois, je n'avais pas voulu sortir le grand jeu, porte-jarretelles et talons aiguilles. Même s'ils aiment tous ça. Même si nous attendions cette nuit depuis une année entière, au cours de laquelle nous n'avions fait que correspondre par e-mails. Mais l'échange de mots met les âmes à nu et les nerfs à vif.

La chambre devait être plongée dans la pénombre, ainsi que nous en avions décidé. Nous nous étions rencontrés une seule fois, dix-huit mois plus tôt, lors d'un dîner. Il nous avait fallu six mois pour nous décider à prendre contact l'un avec l'autre, simultanément. Un doigt mystérieux avait allumé la lumière en chacun de nous, quelque part d'un même interrupteur.

Dans la glace livide mon visage avait l'air de sortir du néant. Le maquillage léger ne masquait pas les marques du temps, et c'était presque rassurant, tant il surgissait là sans fin comme une chose irréelle et menaçante. Mais tout reflet dans un miroir est étrange, et du reste il ne dura qu'un instant : l'ascenseur s'arrêtant, je me retournai vers les portes qui s'ouvraient.

Le mal au ventre qui m'avait saisie à la descente du taxi disparut soudain. J'étais au milieu d'un couloir rouge, doucement et chaudement éclairé par des appliques jaunes. Sur le mur face à moi une plaque dorée fléchait les numéros 50 à 54 sur la droite ; une autre les numéros 55 à 59 sur la gauche. Un bruit de télévision me parvenait, léger. Mais les chambres sont-elles jamais totalement insonorisées ?

Je m'étais préparée avec soin. Pourtant je me sentais moins en beauté que n'importe quel autre jour où je sortais avec un souci minimum de mon apparence. Ce soir, me manquait justement l'insouciance. D'autant que je savais confusément que, tout en tâchant de me faire belle, j'avais été si distraite, si nerveuse, que j'avais aussi bien pu oublier quelque détail capital, comme de me coiffer, ou d'attendre que le vernis sèche suffisamment sur mes ongles d'orteils avant d'enfiler mes bas...

Mais il était trop tard pour vérifier si je n'avais pas l'air d'un épouvantail. D'ailleurs, j'oubliai vite d'y penser. Toute à mon désir maintenant, j'avançai dans l'allée rougeoyante, jusqu'à sa porte. Je repliai ma main droite et, du bout des premières phalanges, heurtai deux fois le bois sombre.

J'ai entendu ses pas, et il a largement ouvert, en se tenant en retrait dans l'ombre. Une lueur diffuse, venue du fond de la pièce, l'éclairait par-derrière, découpant sombrement sa haute stature immobile.

Nous sommes ainsi restés un moment, les yeux dans les yeux. Je ne voyais qu'eux, je m'y accrochais. J'avais atteint la limite du désespoir, pour lui. Et maintenant... je sentais tout le reste, son corps, son visage, sans le voir je les sentais – ça suffisait.

L'émotion me prenait à la gorge et au sexe. Quand j'ai avancé vers lui il a reculé, s'est retiré dans l'ombre de la porte. Après l'avoir refermée, il a fait un pas vers moi et s'est arrêté.

Première nuit

Il me semblait que mon désir de lui allait m'arracher toute la peau, tant mon corps subissait l'attraction du sien. J'ai fait un mouvement vers lui, mais il s'est figé et a dit « pas tout de suite », en répétant, plus doucement, « pas tout de suite... ». Je ne me rappelais pas que sa voix était si chaude, si ferme et si profonde.

Il est allé vers la fenêtre, près de la table où brillait la veilleuse. J'ai pensé qu'il allait m'offrir un verre. Mais il a commencé à ouvrir sa chemise, de haut en bas. Bouton après bouton, la peau et les poils apparaissaient dans l'entrebâillement du tissu avec des lenteurs de paupières en train de sortir d'un rêve récurrent.

Un couvre-lit en satin bleu moiré s'écoulait de la tête au pied du lit. J'ai avancé jusque-là, sans traverser la rivière, de l'autre côté de laquelle il continuait à se déshabiller. J'ai vu se révéler son torse, son ventre, ses épaules, ses bras. La beauté de sa chair, dont j'avais tant rêvé. Moins sculpturale que scripturale, beauté d'un fruit lourd prêt à tomber de l'arbre, du parfum d'un fruit abandonné l'été dans une pièce close et chaude.

Il a défait la ceinture de son pantalon. Le souffle court, j'ai commencé à me déshabiller aussi, en me retenant de gémir. La vue de son corps me faisait l'effet d'un pieu inséré dans ma fente et planté jusqu'entre mes poumons. J'avais du mal à me tenir debout.

J'ai enlevé ma robe en la passant rapidement par-dessus ma tête, pour ne pas le perdre des yeux. Comment pouvait-on aimer autant que je l'aimais en cet instant ? Quand je l'ai jetée par terre, son membre était là, en demi-érection, et sous la toison, entre les cuisses solides, le relief de sa virilité.

C'est mon homme, ai-je pensé. Il va être mon homme. J'ai eu envie de pleurer. J'avais tant attendu. Si souvent j'avais perdu espoir, craint que la vie qui nous éloignait ne nous séparât définitivement, avant même que j'aie pu toucher sa main.

Je l'ai appelé par son nom, il s'est avancé, a entièrement ouvert le lit, m'a demandé de m'y coucher. J'ai essayé de l'entraîner avec moi sur le drap, mais il ne m'a pas laissée le toucher.

« Demain, a-t-il dit. La première nuit, il ne faut pas se toucher... »

Il a pris des couvertures dans l'armoire et les a pliées par terre à côté du lit, pour y dormir. À mesure qu'il bougeait, je sentais son odeur, l'odeur de son corps de désir savamment réprimé. J'aurais voulu pouvoir la saisir entre mes bras, et la baiser.

Je lui ai donné un oreiller, je me suis mise à l'aider à faire son lit de fortune, pour danser avec lui ce ballet lent du ne-me-touche-pas. J'aurais pu m'arranger pour effleurer sa peau, mais tout en évoluant au plus près de lui, je veillais à respecter sa volonté. Deux comètes ardentes, lancées à folle allure à la rencontre l'une de l'autre, même si vues de terre elles semblent immobiles, et essayant de dévier légèrement leur trajectoire pour retarder l'extase de leur anéantissement réciproque.

J'ai retiré le couvre-lit en satin bleu et je l'ai disposé sur ses couvertures, afin de lui faire une couche plus douce. J'aurais voulu me changer moi-même en jeté de lit, afin qu'il dorme sur moi et s'y tourne et retourne, de tout son corps en peine d'amour... « Moi, pourtant, plutôt que de recevoir des témoignages d'amour venant du pays de l'esprit ; plutôt que de me survivre, toujours amante, dans l'hadès ou dans la vie future, je préfère devenir avec vous fleur de prunier vermeil, fleur de laurier-rose. Alors les papillons qui butinent le pollen nous uniront », a dit un poète.

Assise sur le drap, j'ai fini de me déshabiller lentement – soutien-gorge, culotte, chaussures, bas. Il était accroupi à mes pieds, son visage à hauteur de mon ventre, tout près. Il bandait. Mais il n'a pas voulu que je le caresse, ni même se caresser pour moi, ni même me caresser. Il est allé éteindre la lumière, toute sa chair interdite et insoutenablement tentante traversant les ombres pour ne pas venir me rejoindre.

Pas la première nuit... Je ramenai le drap sur mon corps nu et roulée en boule, essayai de dormir. Les yeux grands ouverts sur l'obscurité. Pourquoi regarde-t-on le noir, quand il n'y a rien à voir, et, quand bien même y aurait-il un fabuleux spectacle, on n'y verrait que ce qui bouge derrière ses prunelles ? Mais il y a toujours, du fond de la plus sombre nuit, peu à peu une lumière qui monte comme un reflet lointain de nos pupilles, et c'est cela sans doute qu'attendent nos yeux fixes.

Je l'entendais respirer, je retenais ma propre respiration pour mieux l'entendre. Lui aussi se retournait sur sa couche. J'avais chaud. Des mains et des pieds, je repoussai le drap au fond du lit. Je commençai à fomenter des révoltes et à tourner des phrases dans ma tête, des demandes d'explication. Il n'était pas impuissant, je l'avais constaté. Alors ?

Mais phrases et révoltes à peine conçues s'évanouissaient dans l'espace infini de mon amour, s'enroulaient sur la corde de mon désir tendu, tendu d'entre mes cuisses comme un phallus qui projetait sur lui, lui qui se tourmentait, couché à mes pieds, un flux continu de fantasmes.

Repliée en chien de fusil, et adoptant le souffle régulier du sommeil, je laissai mes fesses déborder du lit, au-dessus de lui.

Je lui ai présenté mes fesses, mon dos où il se fend et enfle pour faire deux oreillers à la joie blessée des hommes, pour tracer un chemin creux à son arme d'amour. Du souffle long de la dormeuse j'ai laissé mes fesses offrir leur lumière et proposer leur ombre, par amour je l'ai fait, par amour il l'a compris, et je crois qu'il s'est endormi.

Et moi je l'écoutais, maintenant, son souffle de dormeur, son souffle qu'il me semblait sentir sur mes fesses hors du lit, et maintenant j'étais si bien que je ne cherchais plus à m'endormir, mais je me suis endormie.

Voilà ce que fut notre première nuit d'amour, son souffle sur ma chair, son souffle apaisé qui montait jusque-là où j'ai le plus de chair, et ma chair apaisée qui de là-haut veillait sur lui, tendre et fidèle.

Deuxième nuit

Je suis revenue, j'ai franchi de nouveau la porte de l'hôtel, de mon homme vierge et putain.

J'avais quelques minutes d'avance. Je suis allée m'asseoir au bar, j'ai allumé une cigarette. Je me suis rendu compte que je n'étais pas seule en sentant un regard sur mes genoux croisés. À une table du fond, un couple encore jeune discutait gravement à voix basse. J'ai vu qu'ils existaient, ça m'a serré le cœur.

J'ai détourné la tête, expiré ma fumée de l'autre côté. À cause de la cigarette, j'ai été envahie d'un léger vertige. Je l'ai écrasée, j'ai cherché dans mon sac une pastille à la menthe, que j'ai sucée puis croquée. Je me suis levée, et je suis montée.

Quand il m'a ouvert la porte, j'ai eu envie de crier de joie. J'avais eu peur qu'il ne soit pas au rendez-vous.

On s'est approchés l'un de l'autre, je ne sais pas combien de temps ça a pris. On s'est enlacés, embrassés. Pressés l'un contre l'autre, bouche à bouche, langues mêlées, ma tête tendue vers lui, la sienne penchée sur moi, encore, encore un peu.

Il m'a aidée à retirer mon imperméable, sur une impulsion je lui ai pris la main, comme une enfant. J'avais envie de la baiser mais je n'ai pas osé, je l'ai lâchée.

Sur la table il y avait un seau à glace avec une bouteille de champagne. Il nous a servis. Je souriais tellement que l'alcool coulait de la commissure de mes lèvres. Pourquoi boit-on quand on est déjà ivre ?

Mais on n'a pas bu longtemps, on a recommencé à s'embrasser. Ses mains dans mon dos, sur ma nuque, au creux de ma taille, les miennes sur ses épaules, sur son torse. À partir de la ceinture nous étions soudés, mais au-dessous, sans comprendre pourquoi, je menais une vaine lutte pour plaquer mon ventre contre son sexe. J'ai fini par me décaler sur sa cuisse, que je serrais entre les miennes, dans une ardeur à chaque instant redoublée.

Ma bouche pleine de la sienne, assourdie de bonheur, je me laissais aller à la jouissance que je sentais monter. Mais il m'a écartée de lui, a retiré sa cuisse et sa langue. « Pas tout de suite », il m'a dit à l'oreille. Dépitée, je lui ai demandé pourquoi, mais il n'a pas répondu. J'ai cru qu'il faudrait qu'il apprenne que je pouvais avoir plusieurs orgasmes au cours d'une même étreinte. Alors il n'aurait plus le désir de me « réserver » pour la fin.

Mais très vite je n'y ai plus pensé. Je continuais à éprouver le délice de son souffle à mon oreille, de sa voix si proche, si proche et pénétrante. J'aurais voulu qu'il le refasse éternellement, même si ce devait être pour me dire « pas tout de suite »...

Nous nous sommes déshabillés, en nous aidant réciproquement.

C'est nous qui sommes fendues, mais c'est eux qui sont blessés. Pourquoi les hommes ont-ils en eux cette douleur inextinguible qu'ils doivent calmer à coups de drogues et de violences ?

Mais je connais mon homme parce que je les connais, et je lui mangerai tout doucement le mal, à même la poitrine. Quand je me relèverai son sang amer coulera encore de mes lèvres, mais j'en distillerai le miel, je fermerai sa plaie avec le miel qu'il aura fait pour moi.

Nous nous sommes mis au lit. La règle aujourd'hui était de faire tout ce qu'on voulait, mais sans aller jusqu'à l'orgasme et sans toucher les parties génitales, ni avec les mains ni avec la bouche.

On est restés couchés sur le côté, l'un en face de l'autre, à se dévisager. *Je vous aime, la Bête.* Les cheveux, le visage, c'est là d'abord qu'on s'est caressés. Je savais qu'il brûlait du même feu perpétuel que moi, on était fous d'amour, et face à face dans ce lit de braises on se consumait si doucement que c'était à mourir. Son oreille, ses joues, son nez, ses lèvres, son front... où se lisaient son âme et sa vie, la façon dont son âme traversait la vie... « Perplexe, immobile, je te contemple... ma pensée s'est tue devant l'immensité de tes espaces... c'est avec toi que j'ai vécu des rêves poétiques, des impressions divines... », a dit un poète en parlant de la sainte Russie.

À mourir on se dévisageait, nos yeux étaient flammes et soleil, lentement du bout des doigts à se toucher le visage on se réduisait en cendres, jusqu'à la dernière étincelle, celle où l'on renaît à soi et au regard de l'autre. Les larmes se sont mises à couler.

Parfois il faudrait être au cœur d'une forêt profonde et crier, crier vers le ciel.

C'est moi qui ai commencé. Je me suis accroupie pour contempler son corps, ce fantastique paysage de chair étendu sur le lit, offert et interdit. J'ai posé mes mains sur son cou et je les ai laissées descendre, se promener partout sur sa peau, de haut en bas et de bas en haut, tantôt le massant, tantôt le griffant, en tournant longuement autour des parties génitales que je ne devais pas toucher.

J'ai posé ma tête sur son ventre, à quelques millimètres de sa bite gonflée, pour humer l'odeur qui en montait.

Elle était si belle et si attendrissante... De si près je la voyais un peu floue, un peu double... Et mon oreille plaquée contre son ventre comme contre un coquillage géant m'emportait dans un monde d'écume, et mes doigts posés à la limite de ses poils avaient envie de gratter le sable, et mes yeux avaient envie de se fermer.

Pourquoi n'atteignons-nous jamais le but ? Parce que nous voulons mais nous ne voulons pas mourir. Et quand nous serons morts nous ne serons pas morts, même ce but ne peut s'atteindre. Redevenue poussière, moi, je me soulèverai, errant toujours à la recherche de mon amour, je danserai dans le soleil et je traverserai l'atmosphère, ardente encore pour celui que j'aime.

Épuisée de désir j'ai fermé les yeux, et la tête sur son ventre je me suis endormie. Quelques instants, quelques minutes, mais qui peut compter le temps, dans ces moments ? J'ai fait un rêve, un rêve où je me mettais à rire, à rire tant que je me suis réveillée en gémissant.

Il m'a prise par la nuque, et je me suis retirée de ce rivage. En remontant vers lui je me suis frotté le nez contre son large torse, j'ai léché ses poils, je l'ai sucé, et puis j'étais trop énervée, je me suis accroupie au-dessus de son visage, en me tenant au mur, les cuisses bien écartées, pour lui montrer ce qu'il me faisait, combien à cause de lui j'étais mouillée.

Dans la forêt profonde, il y a des sorcières, elles font des sabbats, lèchent le cul du diable. Il y a des faunes et des satyres, et des nymphes qu'ils tirent. Il y a une rivière avec des vouivres tout au fond qui attirent les hommes pour leur sucer la queue. Il y a de la fureur, dans ma forêt profonde, et il a bon goût, le cul du diable. Mais je n'ai pas le droit. Pas le droit, cette nuit.

« Viens », il a dit.

On est allés à la salle de bains, et il a pissé. J'aime le bruit que ça fait, parce qu'il vient de lui, et on dirait une fontaine de cailloux d'or qui dégringolent.

À mon tour j'ai pissé. C'était presque une jouissance. Les gouttes de la fin, toutes contentes, ont fait comme des notes de piano.

Assise là, je l'ai regardé qui me regardait, et j'ai eu presque peur de lui. Comment une petite femme peut-elle jouer à de tels jeux avec un grand homme, un homme si fort qu'il pourrait la tuer s'il le voulait ?

Je me suis levée, je lui ai pris la main, je me suis mise à genoux, je lui ai baisé les doigts, ma voix tremblait quand je lui ai dit je t'aime, je t'aime trop.

Je l'ai lâché mais j'ai gardé les yeux baissés, je n'osais pas me remettre debout.

Il m'a portée dans ses bras, pour me ramener au lit. J'étais fière comme une reine. Dans ses bras je me sentais partir, je n'avais plus de corps, j'étais une âme de chair, de partout je l'aimais et il était mon maître ; moi, maîtresse de moi-même je me le donnais pour maître et serviteur, puisqu'il allait maintenant s'occuper de moi.

Maintenant, j'aurais voulu me faire pipi dessus. Lui faire pipi dessus. Que se passe-t-il, quand on ne jouit pas ? On devient fou. « Fais-moi pipi », je lui ai dit. « Fais-moi pipi partout. » Il venait de me poser sur le lit, je me suis mise debout, j'ai commencé à le griffer à la poitrine et à lui donner des coups de poing. « Allez ! Fais-moi quelque chose ! » Il m'a attrapé les poignets, en serrant, et il a dit froidement : « Si je veux. » On s'est regardés, tout devenait noir.

Il m'a relâchée, j'ai dit que j'avais froid et j'ai remis ma robe. Il a enfilé sa chemise et son caleçon. J'avais envie de décamper, mais je m'apercevais que, de l'autre côté de la lumière, c'était bien aussi. Ça montait dans mon corps comme un nuage sombre. Et c'était bon. C'était tentant.

Il m'a apporté une coupe de champagne. J'ai allumé une cigarette, et on a bu toute la bouteille. Moi assise au bord du lit, lui dans le fauteuil. Je recommençais à l'aimer, j'avais envie de lui dire sauvagement que je l'aimais, je me sentais en colère de tant l'aimer.

Il a ouvert le minibar, sorti une fiole de whisky. Il me l'a tendue, j'ai bu une gorgée au goulot, puis je la lui ai rendue et il a siroté un moment. Je lui ai demandé de me montrer sa bite.

Il a ri. Mais il l'a fait. Je lui ai dit d'enlever tout à fait son caleçon, et aussi sa chemise, qui me gênait pour voir. Je lui ai dit de mettre les cuisses sur les accoudoirs, pour que je puisse mieux voir. Je suis descendue du lit et je suis allée jusqu'à lui à quatre pattes. J'ai approché ma tête tout près, là, dans l'écartement, et j'ai bien reniflé. Je lui ai dit qu'on allait jouer aux chiens. Qu'il se mette à quatre pattes et qu'il me suive en reniflant mon cul. J'ai relevé ma robe sur mon cul et on a commencé à se promener comme ça à travers la chambre.

Il n'y avait pas beaucoup de place pour se promener. Je suis entrée dans la salle de bains, lui toujours à mes trousses. J'ai eu encore envie de pisser, avec tout ce champagne. J'ai pissé. Comme ça, à quatre pattes, sur le carreau. J'ai continué à avancer, pour le forcer à mettre les genoux dans mon pipi.

Il m'a portée dans ses bras, pour me ramener dans la chambre. Je m'accrochais à son cou, en lui disant un millier de mots doux. Sur le lit il m'a couchée, il m'a embrassée.

Il m'a embrassé la bouche, puis le cou, les seins, le ventre, les cuisses, les pieds. Je disais des mots, j'étais si contente. Il m'a retournée, pour m'embrasser aussi de l'autre côté.

« Mords-moi », j'ai dit, quand il est arrivé aux fesses. Et je lui ai demandé aussi de les frapper, et de me mordre la nuque. Il fallait bien que j'essaie d'oublier un peu la brûlure, là où il ne pouvait pas toucher.

Il m'a retournée encore, écartée, léchée à l'intérieur des cuisses, là où il avait encore le droit. Je n'avais pas le droit mais j'ai quand même joui, juste comme ça. Aussitôt après je me suis mise à rire, et lui aussi, il a ri avec moi.

Voilà ce que fut notre deuxième nuit d'amour. Pour ne plus être tentés on s'est rhabillés et on a parlé le reste de la nuit, en continuant à boire tranquillement, et à rire.

Troisième nuit

Avant de le quitter, je lui avais demandé quelle serait la règle du jeu pour cette nuit. Cette fois, on aurait le droit de se toucher partout, mais seulement avec les mains, et sans aller jusqu'à l'orgasme. J'avais essayé de parlementer, de lui exposer que le fait de se limiter à la masturbation était une contrainte bien suffisante. Mais il tenait à son principe. À partir de la quatrième nuit nous aurions le droit de jouir mais il était important de se plier à une certaine discipline, pour stimuler notre imagination. « Je veux voir ton âme », avait-il dit.

Dans la soirée j'ai pris un bain et je me suis caressée dans l'eau, en pensant qu'il devait le faire aussi, pour mieux tenir au cours de la nuit. J'aurais voulu le voir, le voir en train de... Mon Dieu, comme je l'aimais, comme je voulais sa joie ! J'aurais voulu qu'il le fasse toute la journée, qu'il se rende heureux tout seul toute la journée.

J'étais à l'hôtel une bonne heure à l'avance. Ce soir j'avais envie de le voir arriver. Je suis allée au bar. Toutes les tables étaient occupées. Des hommes en costume-cravate, apparemment une équipe de cadres en déplacement. J'allais ressortir, mais de la table du fond une femme m'a fait signe, la seule femme de la salle.

Je me suis approchée. Une brune assez élégante, grande et forte, très joviale, d'une trentaine d'années. Elle m'a proposé de partager sa table, et j'ai accepté. Elle m'a fait goûter son cocktail, j'ai commandé le même. Elle a dit qu'elle était ravie que je sois là, parce qu'elle commençait à déprimer, avec cette assemblée de petits cons. Moi aussi j'étais ravie, elle était bien amusante.

Elle me posait des questions sur moi, en sautant du coq à l'âne. Je répondais n'importe comment, ça n'avait aucune importance. Elle me dévisageait. Son regard sûr d'elle, sa bouche langoureuse.

Elle m'a proposé d'aller prendre un verre dans sa chambre, pour être plus tranquilles. Je lui ai dit que je devais rejoindre mon amant à minuit. Ça m'a fait du bien de dire « mon amant ». Mon amant, cet homme est mon amant...

Elle a commandé deux autres cocktails et on est montées avec nos verres au quatrième. On s'est allongées sur le lit et on a continué à discuter. Elle voulait tout savoir, pour mon amant. Je lui ai tout raconté.

Elle s'est approchée de moi, elle m'a caressé les cheveux. Elle a dit que j'étais belle, et que cet homme était bien bête de ne pas me faire jouir. Je me suis mise à pleurer en pensant qu'elle avait raison, c'était une drôle d'histoire. Elle m'a embrassée.

Je me suis laissé faire. Que veut dire « laissé faire » ? Les mots sont des abîmes, au bord de l'abîme il y a un toboggan où j'adore glisser, et j'aime me laisser faire. Si on s'arrêtait sur chaque mot pour y penser, il y aurait un grand silence sur le monde. Mais le silence est là, et j'aime l'écouter, me laisser faire par lui.

Elle était à moitié couchée sur moi, de son corps pesant. Je pleurais toujours, mais c'était mieux comme ça. Elle continuait à m'embrasser, avec beaucoup de force dans la langue, et sa main montait sous ma robe, ses doigts se faufilaient dans ma culotte. Je sentais les ongles, ses longs faux ongles bleus. Elle me l'a enlevée, elle m'a ouvert les jambes et elle m'a fait jouir, avec ses doigts pleins d'ongles et sa langue musclée.

Il ne m'a pas fallu trois minutes, ça l'a fait rire. Elle m'a dit que j'étais une rapide, je lui ai dit qu'elle était une experte. Je lui ai demandé si elle savait aussi bien s'y prendre avec les hommes, mais elle a fait la grimace. Je lui ai quand même demandé si elle ne voulait pas venir avec moi, juste pour me remplacer au dernier moment et le faire jouir à ma place, puisque moi je n'avais pas le droit. Finalement elle a trouvé ça drôle, et elle a accepté. On s'est remis du rouge à lèvres, toutes contentes, et on est montées au cinquième.

Mais rien de tout ça ne s'est produit, je l'ai seulement imaginé, en buvant un verre avec cette grosse fille fantasque qui bavardait et que je n'écoutais pas, et en regardant sans cesse vers le hall, dans l'espoir de le voir arriver.

J'avais envie de le voir passer, même furtivement, le voir passer sans qu'il le sache, mon amour. Mais les cadres se sont mis à se lever, les uns après les autres, un long moment le hall a été encombré de leurs allées et venues. Il a dû entrer sans que je m'en aperçoive. Ou bien il était là avant moi. En tout cas minuit est arrivé, et je ne l'avais pas vu. Ou bien il n'était pas venu...

Avant même de l'embrasser, j'ai touché son sexe, à travers le pantalon. De bonheur, j'en ai fermé les yeux. Tout debout comme ça on s'est touchés, j'ai glissé ma main sous le pantalon, la sienne est montée dans ma culotte, je l'ai malaxé, encore tendre mais déjà mouillé, j'ai senti ses doigts adorés et j'ai commencé à haleter, il a vu que j'allais jouir, il les a retirés.

J'ai ouvert son pantalon, je l'ai baissé sur ses chevilles, je me suis agenouillée devant lui, il bandait complètement. Je l'ai regardé, je mourais d'envie de l'embrasser, au moins de le goûter du bout de la langue, là, sur le bout décalotté avec sa petite larme brillante dans la fente. Je l'ai pris dans ma main droite et je n'ai plus bougé, tout le temps qu'il fallu pour le sentir ramollir dans ma paume, redevenir un petit oiseau de printemps, tout frais de promesses secrètes. « Où donc nous pousse le désir ? » a dit un poète... « Il nous pousse hors de la maison... Tentante était la flûte, tentant le frais ruisseau... »

Je me suis relevée, on s'est embrassés longuement, en recommençant à se toucher. Maintenant on se branlait franchement, vigoureusement. *In extremis*, on s'est arrêtés.

Il a remonté son pantalon, j'étais triste de voir disparaître son trésor. Il faisait encore une grosse bosse sous le tissu. J'ai laissé ma culotte par terre, mais j'ai baissé ma robe.

On a bu un verre et il a dit qu'il aimerait voir ce qu'il y avait dans mon sac de velours pourpre. Je le lui ai tendu. Il a écarté les deux pans reliés par une simple pression, a retiré de l'intérieur mon sac en cuir noir, plus petit, fermé par une fermeture Éclair.

Du grand sac il a sorti une pochette en tissu, avec à l'intérieur deux Tampax, un protège-slip et deux lingettes sous sachet. Un carnet avec un stylo. Une boîte de pastilles orange-menthe. Un téléphone portable, éteint. Trois tickets de métro compostés, deux tickets de cinéma, un billet d'entrée au musée, un plan de métro, une paire de lunettes de soleil, une pince à cheveux dorée, une boîte à bijoux en fer reconvertie en boîte à cigarettes, un petit briquet en plastique fuchsia.

Il a ouvert le sac en cuir noir. Passeport, mini porte-monnaie dont les pièces avaient débordé au fond du sac, deux cartes de crédit dans leurs pochettes contenant aussi diverses cartes plastifiées, une carte de bibliothèque avec photo déjà ancienne, une autre sans photo, un rouge à lèvres, un crayon kohl noir, un stick nourrissant pour les lèvres, un miroir à motifs floraux asiatiques, un échantillon de parfum, une photo de lui avec une marque de rouge à lèvres, une paire de ciseaux à ongles, un peigne doré, des tickets de métro neufs, un trousseau de clés.

Il a pris le miroir, les ciseaux et les clés. Il m'a fait asseoir dans le fauteuil, robe relevée sur le ventre, jambes écartées sur les accoudoirs comme lui la veille. Il m'a donné le miroir, m'a dit de regarder mon con. Je l'ai tendu entre mes cuisses, j'ai regardé.

Il a glissé une clé à l'intérieur, mais les muscles se sont contractés et l'ont rejetée. Il l'a réintroduite, et j'ai fait l'effort de la garder. Le reste du trousseau pendait dans la fente des fesses et me chatouillait un peu, mais je me suis retenue de rire, pour ne pas perdre de nouveau la clé.

Avec les petits ciseaux, il s'est mis à me couper les poils. L'acier brillant sur la chair crue, c'était si joli et ça crissait si bien que je me suis mise à haleter lentement, et plusieurs fois j'ai expulsé la clé.

Il me coupait seulement les poils qui se trouvaient au bord des lèvres, un par un. J'ai rapidement renoncé à regarder l'opération dans le miroir, mais je sentais le contact des fines lames pointues, le froid de l'acier et aussi sa dureté, chaque fois qu'il réintroduisait la clé. Il me semblait être à chaque instant sur le point de jouir, mais quelque chose m'en empêchait, une tranche d'effroi polie et glacée comme un miroir qui s'interposait subtilement entre l'excitation et l'orgasme, portant la sensation à un degré d'intensité d'autant plus affolant que ça n'en finissait pas. Ma respiration était de plus en plus ample, je geignais faiblement, j'avais la tête qui tournait.

Puis le supplice s'est apaisé. J'avais la tête renversée, les yeux fermés, j'ai senti son odeur. Il était là, debout contre le fauteuil, déshabillé, tendu. Je l'ai pris dans ma main, et j'ai commencé le va-et-vient.

Mon Dieu, quelle fabuleuse machine. Toute ma vie, ai-je pensé, comme au premier jour où j'en ai senti une dans ma paume, je serai cette jeune fille émerveillée par la mécanique de l'homme. Il n'y a pas de limites à cette stupeur sacrée qui m'a saisie la première fois devant les capacités de métamorphose du sexe de l'homme, pas de limites à cet émerveillement... Il est infini, infini... Et infinie aussi ma gratitude pour l'homme que j'aime et qui m'offre ça, de faire fonctionner ça... Infini mon amour...

Tout en le massant de la main gauche entre les cuisses, de la droite j'ai joué aussi longtemps que possible avec son excitation et la mienne, en alternant les rythmes, les pressions, les ardeurs et les phases de repos... Puis je l'ai branlé jusqu'à la dernière extrémité, jusqu'à ce que, râlant et grimaçant déjà, il me prenne avec force le poignet pour retirer ma main de lui, et dans un suprême effort de volonté, retenir son éjaculation.

Il m'a prise dans ses bras pour me ramener sur le lit. J'étais encore tremblante, éperdue d'amour. On s'est entièrement déshabillés, on s'est couverts avec le drap et on a passé des heures à parler, s'embrasser, rire, en se caressant de temps en temps doucement. Je lui ai raconté ce que j'avais fait en l'attendant, et mon fantasme avec la grosse brune, mon idée qu'elle aurait pu le faire jouir pour moi...

Troisième nuit

On s'est endormis enlacés, le jour n'était pas loin. Voilà ce que fut notre troisième nuit, au cours de laquelle nous avons appris à être de plus en plus proches de notre jouissance, de plus en plus proches l'un de l'autre.

Quatrième nuit

Mon amour, voici donc venue la nuit du milieu. À l'heure voulue, heure de la résolution et de la jouissance, à l'heure tellement voulue... L'heure obscure du milieu de notre vie où nous allons rencontrer la lumière... Lumière, voix... Chaude, ferme et profonde, ta voix dans le creux de ta main qui cherche la lumière, ta voix qui va, court et se répond, de saccades en cascades écoute et se répond, voici ta voix dans ta main qui bondit et rebondit, le sang afflue, la peau s'étire, le monde durci se lisse et glisse subrepticement par la grille du corps, voici que dans ta main tu sens venir ta voix, ta vraie, et qu'elle spasme et se propulse, propulse sa lumière...

Perles, perles de lumière tout autour de mon cou, je veux que tu m'étrangles.

La main qui écrit est la même qui branle, je t'écris, là dans mon lit, en attendant la nuit du milieu de notre vie...

Mon amour, voici l'heure où nous allons nous perdre et nous gagner. Prends ta bite, c'est moi que tu étrangles. Chaude, ferme et profonde, ma chair d'amour tout enveloppée d'âme...

Ta petite salope tu l'attends elle est là, paradis je suis là avec mes doigts ta main c'est moi, je suis là où tu m'attends, où tu ne m'attends pas. Le temps est mille et trois entre mes doigts, mille et trois spasmes je suis ton jet de foutre ta lumière, je suis ton silence je suis toi j'entre en toi, je suis ta voix qui entre en moi et te répond.

Il pleuvait ce soir-là. Je suis venue à pied, tête nue sous la pluie par les trottoirs mouillés. J'avais mille ans et mon amant deux mille, moi dix mille ans et lui dix ans. La pluie tombait à la renverse, la pluie qui rit la pluie qui pleure. J'avais ma lettre dans mon sac, mais pas pour lui montrer, pour me faire une amie qui venait avec moi.

Le jour où on jouit ensemble, si on s'aime, c'est comme celui où on se dit je t'aime. Si le temps est une tige, c'est une fleur qui lui pousse, et peut-être, si on reste au jardin, on la verra éclore et on se l'offrira. Le jour où on jouit ensemble fait des phrases pleines de si, après le si vient l'infini. Et moi, aussi mouillée que la ville électrique, je marchais vite et je chantais.

Il était minuit passé quand je suis arrivée. Je n'ai rien regardé, je suis montée.

Je me suis assise contre les oreillers, cuisses écartées, lui sur ses talons face à moi. C'était le jeu, le jeu de cette nuit. Mon homme sait les jeux. Il est souple, facile et vif comme un dauphin. Moi jusque-là j'avais toujours joué comme une enfant, lui il joue comme un dieu. Maintenant je me demande : comment peut-on vivre en homme sans jouer comme un dieu ? Parfois je suis malhabile mais je l'aime follement, et je voudrais qu'il me pardonne.

On l'a joué, chacun pour soi, chacun pour l'autre, avec nos yeux et notre voix aussi.

— Dis-moi ce que tu vois.

— Oh, « la tour Saint-Jacques chancelle Pareille à un tournesol », a dit un poète... Ta bite chérie, tes couilles chéries, ta main chérie qui monte et qui descend.

— Quoi d'autre ?

— Tes yeux qui me regardent, qui montent et qui descendent. Qui me regardent en train de me branler, en train de te parler.

— Quoi d'autre ?

— Tes cuisses où je voudrais poser ma tête... Ton corps que j'adore... Ta tête que je voudrais manger...

— Quoi d'autre ?

— Je vois que tu es excité... Que je t'aime... Trop...

— Quoi d'autre ?

— Que tu m'aimes... Que ça me fait... Oh, mon ange ! J'adore quand tu le fais ! C'est trop beau, je voudrais regarder ça tout le temps ! Ça me regarde, ça me regarde, c'est juste moi que ça regarde ! Regarde, regarde ce que ça me fait... !

— Oui, je te regarde... D'entre mes doigts je te regarde... si fort...

— Moi aussi, je te regarde, j'ai des dents dans les yeux tellement je te regarde ! tellement j'aime ta bite ! tellement de tellement ! tellement je vais jouir...

— C'est bien, ma belle... Quoi d'autre pour moi ?

— Je recommence...

— Et quoi d'autre ?

— Je te me donne...

— Tu te me donnes ?

— Tout je te donne. Le ciel je te le donne. Je te le prends, je te le donne. Mes rêves du jour et de la nuit, tous mes fantasmes je te les donne. Mon corps je te le donne. Tous mes trous, mon con, mon cul, ma gorge... Et mes yeux, mes narines, mes oreilles, je te les donne aussi. Tu peux bien me boucher partout, je trouverai toujours à m'échapper par où s'échappe l'âme pour venir te souffler des sensations d'amour... Mes pieds je te les donne pour te marcher dessus... Ma vie qui te délire pour te branler dedans... Ma bouche qui te parle pour te branler dessus... Ma peur de toi je te la donne... Mon cœur qui saigne de plaisir, mon cœur qui saigne de chagrin il est pour toi... Et puis la main aussi... Je te la prends, je te la donne...

— Quoi d'autre ?

— Mon secret.

— Quoi d'autre ?

— Ton secret.

— C'est quoi ton secret ?

— C'est que je t'aime, je t'aime plus que tout.

— Et le mien ?

— Le même. On va mourir ?

— Je t'aime.

— On va jouir...

Telle fut notre nuit du milieu, notre quatrième nuit. Face à face, l'un par l'un, l'un par l'autre, l'un à l'autre le plus longtemps possible on s'est parlé, on est restés ensemble, jusqu'au moment où, au plus fort de l'orgasme, comme toujours chacun a été happé par son absolue solitude.

Cinquième nuit

Lecteur, il faut que je te parle. Crois-tu à mon histoire ? C'est l'histoire vraie d'un homme et d'une femme qui longtemps se parlèrent, si longtemps se parlèrent qu'ils en devinrent dingues d'amour. Tu entends, je te fais une musique pour te la dire, parce que c'était comme ça, ça faisait une musique où je me balançais, et souvent tu m'entends, en ce moment même par exemple, au bord de mon lit en écrivant, je me balance comme se balancent les fous.

Ainsi lecteur en cet instant je suis seule au milieu de la nuit, tout est silence et je me balance sur le bord de mon lit, à moitié déshabillée, à moitié seulement car le désir d'écrire m'a saisie au milieu, et tout ce que je veux te dire c'est qu'il ne faut pas prendre mon histoire au pied de la lettre, mais à sa tête.

Qui j'aime ? J'aime qui j'aime, qui j'aimai, qui j'aimerai. Qui j'aime est une spirale dans le temps, et elle n'a pas de fin, ni moi qui l'aime. Et tout ce que je veux dire, c'est qu'il n'y a que l'amour.

Le jour était venu de la cinquième nuit, si le jour vient avant la nuit. C'est ce qu'on croit quand on se lève et qu'on s'apprête à remplir sa journée, mais en vérité c'est la nuit la première, sinon il n'y aurait pas d'aurore.

Le vent soufflait au crépuscule, je m'en souviens. Parfois s'efface même l'image de Qui j'aime, n'est-ce pas étrange ? Mais le souvenir du vent ne s'en va pas. Parfois on se demande qui on aime, de telle ou telle personne. Ou bien encore quelle personne en cette personne. Personne peut-être, personne d'autre que le vent qui souffle en elle...

Un souffle, une voix, chaude, ferme et profonde, cette voix ou une autre, ce rythme ou un autre, cette mélodie, cette envolée, cette façon qu'a cette musique de s'envoler, cette forme, ce mouvement, cette façon qu'a cette forme de se mouvoir... Ce chant, ce parfum, ce pas de danse, cette façon qu'a cette chair de rêver...

L'erreur est de croire que l'amour s'explique par la psychologie, ou même par la psychanalyse, qu'il peut s'inscrire en quelque forme fixée dans le temps de la constitution. Là se greffent les attachements et prolifèrent les guerres. Mais l'amour vrai est une question d'art, c'est la personne en tant qu'œuvre d'art, œuvre de Dieu si l'on veut, qui est susceptible d'aimer et d'être aimée vraiment.

Et l'art n'a de cesse de détruire son objet pour le transformer en perpétuelle source de vie. L'art est le vent, qui souffle, nettoie et passe, et c'est ainsi que l'objet de l'amour est à vrai dire insaisissable et pourtant éternisé par l'éternité même de l'amour, gracié du temps à force d'être aimé.

Dès le réveil j'étais de la meilleure humeur du monde, en sortant d'un rêve où, suspendus sur un balcon, on s'était livrés ensemble à une danse sublimement sensuelle et aérienne, après laquelle on avait échangé un baiser si fougueux, si voluptueux, que sans nous toucher autrement que par la pression de nos corps étroitement enlacés, on avait joui dans nos culottes.

Pleine d'allégresse encore, avant de rentrer chez moi j'étais allée me promener longtemps, de rues en places et de squares en jardins, le soleil printanier étincelait à tout détour, tous les garçons, tous les hommes que je croisais m'adoraient et moi je les adorais aussi, mon pas rapide et souple était une façon de leur dire « oh, jouissons ! », et c'est bien ce qu'ils entendaient, j'ai croisé aussi une jeune fille qui avait les yeux tournés dans ses pensées, et sur son visage un peu baissé on voyait bouger comme au fil de l'eau les mouvements de sa joie, ah oui elle était amoureuse et elle naviguait là dans son royaume, j'aurais voulu que mon amant la voie, j'ai pensé vivement à lui, j'aurais voulu la lui montrer pour lui dire c'est moi.

Dans la soirée le vent s'est levé et moi, comme dans une colonne d'air chaud je me suis élevée encore dans la joie promise, la joie promise de cette prochaine nuit.

Cinquième nuit

Cette nuit on avait droit à tout, à condition que son sexe ne pénètre pas entre mes jambes. Je lui ai dit que puisqu'il m'avait fait bien jouir la nuit dernière, je voulais, pour la peine, m'occuper gentiment de lui. Je l'ai fait asseoir confortablement dans le fauteuil, et d'abord je me suis mise toute nue.

Je lui ai apporté un verre, mais avant de le laisser boire je l'ai taquiné un peu, en lui donnant des baisers et en lui touchant la queue à travers le pantalon. Pendant qu'il buvait je me suis affairée un peu dans la chambre, défaisant draps et couverture, passant à la salle de bains, ouvrant la fenêtre et m'y penchant un moment pour sentir l'air frais sur ma peau nerveuse...

Puis est venue l'heure de le déshabiller et de le mettre au lit. Je me suis d'abord agenouillée pour lui délacer ses chaussures et lui enlever ses chaussettes. Oh mon Dieu mon Dieu, comme ses pieds étaient excitants ! Je me suis mise à les baiser avec ferveur, ses pieds et ses chevilles... en souvenir de ce prof de maths sur lequel je fantasmais lorsque j'étais en quatrième, et dont je regardais avidement, sous son bureau, les chevilles gainées de jersey fin, et le cou du pied, découverts par sa position assise, sous l'ourlet du pantalon... en souvenir de lui, et en hommage à la beauté des hommes, je m'humiliai avec délices devant ses pieds, en hommage aussi à la puissance infinie de mon amour, en hommage au corps tout entier de mon aimé... et au mien, qui savait si bien reconnaître tous les bonheurs, et les faire siens...

J'ai fini de lui enlever ses vêtements avec beaucoup de calme et de sérieux, les pliant à mesure sur le dossier de la chaise. Il me laissait faire à mon idée, bien sagement. Une fois qu'il a été tout nu, « allez, hop ! au lit ! », j'ai dit. Je l'ai fait se coucher sur le ventre, et avec les échantillons de lait corporel que j'avais trouvés dans la salle de bains, j'ai commencé à lui masser le dos, en partant de la nuque.

À califourchon sur lui, je suis descendue de part et d'autre de la colonne vertébrale, progressivement, en essayant de ne pas trop me presser d'arriver où il me tardait d'être. Mais j'aime bien cette idée un peu vicieuse de faire semblant, même pour soi-même, de ne pas savoir où on veut aller...

Une fois parvenue aux fesses, il n'y avait plus assez de lait pour bien glisser mes mains sur la peau. J'ai mélangé le restant avec de la salive crachée sur lui, et j'ai poursuivi ma tâche. Ce n'étaient pas des petites fesses de bébé, il y avait du boulot et ça me plaisait bien. Je lui ai écarté les cuisses, afin de pouvoir accomplir mon ouvrage correctement. J'ai craché à plusieurs reprises dans la fente, c'était nécessaire. Par perfectionnisme, je lui ai soulevé légèrement le bassin.

Maintenant je voyais bien tout. Ce qui était offert, et ce qui pendait.

Dans la forêt obscure les nuits de lune le diable se fait lécher le cul, et cette nuit sur la ville il faisait lune... Ma langue occupée là, mes mains pleines du reste, voilà, cette fois j'étais vraiment collée à lui, tellement collée à lui que ni lui ni moi n'existions plus... il n'y avait au monde que du cul, du sexe et de la bouche, de la saveur, du palpable et de l'odeur, tout ça lié dans une même, abyssale, pacifiée, rageuse et oublieuse jouissance.

« — Falling Star, où vas-tu ainsi ?

— Je l'ignore. Je fais seulement un voyage. »

Je me suis arrêtée, recueillie un moment, la langue râpée, les narines frémissantes, les yeux fermés contre sa chair, au plus près possible de son intimité.

Je me suis couchée sur son dos, je l'ai chevauché en frottant mon clitoris sur ses fesses.

Je me suis accroupie derrière lui, j'y suis retournée avec mon visage, je lui ai bien relevé le bassin, je m'y suis recollée, la langue là, la main droite trayant sa bite, la gauche dans ma chatte. Quand sous ma paume je l'ai senti presque prêt, j'ai joui, avec des convulsions de mes cuisses jusqu'à mon visage enfoui, puis j'ai remplacé ma bouche par mes doigts trempés de moi, afin de le galvaniser, et de regarder son sperme tomber lourdement sur le drap, pendant qu'il poussait de drôles de râles.

On a dormi quelques heures, accrochés l'un à l'autre. Avant de se quitter, on s'est fait encore l'amour avec la bouche, paisiblement, longuement, l'un après l'autre. C'est lui qui a commencé, j'étais encore ensommeillée, je me suis laissée aller dans l'ombre, plus écartée qu'un arc-en-ciel, en rebondissant plusieurs fois comme une balle à l'intérieur du but, du but que je formais moi-même avec mes cuisses. Ensuite j'ai ramené le drap sur nous, et dans le secret de notre tente étroite je l'ai sucé, sans compter le temps langoureusement je l'ai sucé et adoré, jusqu'à ce qu'il s'écoule comme de lui-même entre ma langue et mon palais.

Ainsi vint sur sa fin notre cinquième nuit, au cinquième étage du paradis.

Sixième nuit

Que dirait le grand Nobodaddy, si seulement il nous parlait ? Hoho ! Y a-t-il Quelqu'un là-haut ? Mes doigts qui sentent bon au sortir de mon corps vont-ils peindre l'éther de mon foutre de femme mêlé de sang épais ?

Avant que la nuit tombe, amoureuse, quand elle s'est relevée, foutue, qui laisse aux cuisses écartées du ciel ces tons de chair fouillée ?

Nobodaddy ce pulsionnel cet obsédé aime l'amour aime le sexe, de son épée divine il touche et fend tout ce qui bouge, ce qui veut dire tout, c'est lui aussi qui écarte les cuisses, là-haut, ses cuisses de vierge de vertige éternel qu'il déflore lui-même, deux fois par jour et sauvagement, comme on le voit...

Nobodaddy me parle, voici ce qu'il me dit : baise, crève et jouis ! Ou bien encore : couche-toi et rêve ! Rêve-moi et chiale ! Nobodaddy tu es bien gentil, MAIS je ferai ce que je veux... Que veux-tu, mon vieux, il y en a qui passent leur vie à vouloir être libres, moi je suis née libre... Et je n'ai peur de m'agenouiller ni devant toi ni devant les hommes, puisque je suis la reine...

Nobodaddy je suis, quand je me prends moi-même, quand je me fais moi-même l'homme, quand je me dépucelle pour la énième fois et que je trouve en moi, ma femme, de quoi repeindre le monde avec mes doigts souillés.

Mon Dieu, que le monde est joli !

Et cette nuit, qu'est-ce qu'on va faire au lit ?

Demain la septième nuit, nuit du saigneur, Qui j'aime me prendra comme l'homme prend la femme selon la volonté de Dieu ou de dame Nature. Mais cette nuit, cette nuit d'aujourd'hui, sera vouée à l'envers du décor...

Sixième nuit

Homme et femme Nobodaddy m'a faite. Si tu veux me faire ta femme, ta vraie femme pour l'éternité, c'est corps et âme qu'il faut me prendre. Mon con est con, ma bouche parle et mon cul vous dit merde. Avant d'être ta femme je veux être ton homme, ton homme de main, tueur sans gages : connais-moi, reconnais-moi d'abord par cette oblique, rends-moi hommage, injecte-moi par là ton foutre de lumière. Mon ange baise-moi par la bouche et le cul, par ma face d'où je te parle et par l'envers d'où ta parole vient. Mon con dit oui, ma bouche dit non, mon cul se tait... Mon pur génie, mon jeune fou, gros empoté, mon ange de lumière, possède-moi là où je suis ton homme, avec mes doigts pleins de peinture dressés dans les cuisses du ciel. Après, après, quand tu seras déchaîné, fais-toi ma femme si tu veux, je te la donne, prends corps en ma femme de chair et tu seras puissant, à jamais libre joie dans la grâce de l'amour !

L'après-midi je suis allée acheter des dessous de diablesse. Car il me fait bien rire, mon aimé, bien rire. Quand il fait l'ange, quand il fait la bête. Et moi aussi je me fais rire, quand il me fait marcher, et que je marche, sans me lasser je marche, d'amour je marche... Mais « voir sombrer les natures tragiques et pouvoir en rire, malgré la profonde compréhension, l'émotion et la sympathie que l'on ressent », n'est-ce pas, a dit un poète qui est devenu fou, « divin » ? Surtout quand il s'agit de soi...

Le grotesque des sexes, et du délire où se prend le désir, délire moral, désir du bien ou du mal, de pureté ou d'impureté, alors que les sens veulent une sensation nerveuse et spirituelle, leur ligne de risque, une rencontre amoureuse et esthétique, leur ligne de fuite dans le coït... Quand je fais l'ange, quand je fais la bête... C'est le diable, c'est le diable qui lancine ! Bien rire quand on s'amuse, sans dire qu'on s'amuse...

Je me suis donc munie des articles du jeu... Pour cette nuit escarpins échancrés jusqu'à la naissance des orteils... Bas noirs de voile fin qui plisse, avec la couture qui monte à l'arrière des jambes comme une coupure, une promesse de fente, et se termine en trou dans la bande plus sombre qui exalte l'ultime rondeur des cuisses... Autour du temple, jarretelles, rubans, dentelles et crochets... Culotte ou pas culotte ? Soutien-gorge ou guêpière ? Tu avais peur de notre premier baiser comme d'une guêpe, n'est-ce pas ? À moi de redouter...

Chez moi devant la glace j'ai essayé les accessoires. Voici ton innocente bergère déguisée en gracieuse putain, et ça la met en joie... Elle aussi, elle s'aime en femme... Toute femme est un homme qui a sa femme en elle, une femme pour qui elle bande tant qu'elle ne sait si elle doit la cacher ou la donner à tout venant... Regarde-moi, mon aimé, dans mes pétales de lingerie je suis une fleur, pas moins légère, et je m'offre...

Du taxi j'ai vu défiler la ville, tremblante cette nuit comme du papier découpé projeté en ombres chinoises sur une succession de théâtres de marionnettes. L'hôtel était désert, plongé dans un silence de château abandonné. Le bruit de mes talons, qui avaient claqué sur le trottoir, était maintenant étouffé par les tapis. À peine entrée dans la chambre, en guise de baiser je l'ai fait se coucher par terre, et je me suis assise sur son visage.

Ah, j'aurais voulu l'étouffer ! J'ouvrais et serrais mes cuisses autour de ses oreilles, me balançais, me branlais contre son nez, posais mes fesses sur ses yeux, pour lui apprendre un peu, me soulevais en y mettant mes doigts pour bien lui exposer comment ça se passait là, revenais à sa bouche... Inondés l'un et l'autre, l'un par l'autre...

Une fois satisfaite, je me suis relevée, débarrassée de ma jupe et de mon haut, et je suis allée m'arquer sur le lit, pour lui présenter mon cul, la tête enfouie entre les oreillers, pendant qu'il se déshabillait. Il l'a malaxé, mordu, frappé, léché, jusqu'à me sentir prête.

Je me suis immobilisée, dans un mélange de peur et d'impatience, et il est entré. Doucement, prudemment d'abord, puis aisément, profondément. J'ai commencé à dire des choses, des obscénités qui sortaient toutes seules de je ne sais où.

Il s'est retiré, m'a retournée, m'a chevauchée au visage. Pas pour se faire sucer, pour me pénétrer et me baiser la bouche à coups de reins.

Plusieurs fois il m'a retournée comme une carte à jouer, passant de l'une à l'autre face. Je me laissais faire goulûment, mon corps n'était plus que délire orgiaque, j'habitais tour à tour là et là, selon qu'il s'enfonçait là ou là, qu'il s'enfonçait sans limites, extraordinairement menaçant et bienfaisant, impitoyable et remplissant. Dans la violence délibérée, étourdissante, et par lui contrôlée, de ce rapport, bouche et cul, des deux côtés mon plaisir est venu, étrange, très physique et très mental, me renvoyant à mon étrangeté.

Il est sorti de ma bouche, pour finir m'a reprise face à face, les yeux dans les yeux. À la fin de son orgasme il s'est laissé tomber sur moi, lourd, délicieux, tous les deux bras en croix, doigts liés. Puis on est restés couchés sur le dos, côte à côte, lumière éteinte, main dans la main, en silence.

Un peu plus tard on est sortis marcher dans la nuit, les rues désertes, s'arrêtant à tout instant pour s'embrasser, fous d'amour. L'air était doux, les lumières de la ville laissaient apparaître quelques étoiles disséminées au-dessus des toits, âmes esseulées.

On s'est assis sur un banc au bord du fleuve sombre. L'eau allait sans bruit, puissante. Dans la profonde, partagée solitude, des voix s'entendent, des voix s'entendent...

On a recommencé à s'embrasser. Il a passé sa main sous ma robe, m'a branlée comme ça, accrochée à son cou, à sa bouche, éperdue de plaisir, du plaisir charnel et du plaisir d'être là avec lui, avec lui.

Tout était blanc et noir, d'un blanc de lune et d'un noir de fusain, tout était tendre, velouté, doucement mystérieux, près de nous un saule pleureur bruissait imperceptiblement, plus proche encore l'eau maintenant chantait son clapotis discret, nous-mêmes étions en noir et blanc, nous-mêmes étions faits de cette lumière du noir et blanc qui se faufile sur les formes comme les chats sur les toits la nuit, cette lumière dans laquelle le temps s'égare, s'abandonne et s'oublie, comme une femme amoureuse que son amant caresse dans l'ombre, et dont la jouissance se promène et rejaillit en un coin du tableau.

Sixième nuit

À mon tour j'ai ouvert sa braguette, je l'ai pris dans ma main, là, sous le ciel ; et quand j'ai senti sa veine contre ma paume enfler et palpiter plus fort, je me suis agenouillée devant lui, pour le recevoir dans mon cou.

On est repartis dans les rues, on a trouvé un taxi, il m'a raccompagnée jusqu'à ma porte. Je me suis couchée et endormie tout de suite, le sourire aux lèvres... Notre sixième nuit était passée, bien belle...

Septième nuit

La dernière nuit il m'attendait dans le hall de l'hôtel. Il avait une surprise pour moi, m'a-t-il dit, et on est tout de suite ressortis.

Le printemps était bien avancé, aujourd'hui il avait fait un temps de juillet. À minuit l'air était encore tiède, presque chaud. J'avais mis ma petite robe blanche moulante, en coton imprimé de fleurettes : c'était ma façon de fêter à la fois mon rajeunissement, le retour de l'été, et en quelque sorte notre nuit de noces puisqu'il allait me « déflorer » – dans le sens où il allait pénétrer pour la première fois dans mon sanctuaire proprement féminin.

Saturne dans le ciel scintillait, semblable à « une écume bouillonnante autour d'une quille lorsque la proue pénètre dans une baie à minuit », a dit un poète.

On a rejoint les quais, à l'ouest de la ville, et on est descendus jusqu'à un petit yacht amarré là. On est montés à bord, on a frappé à la porte de la cabine, dont la lumière brillait derrière les vitres aux rideaux bleus. Un jeune homme a ouvert et nous a fait entrer. Je suis passée devant lui sans quitter du regard ses yeux noirs, brillants, qui s'enfonçaient lentement dans les miens.

Mon amant me l'a présenté, c'était un de ses neveux, mais je n'ai pas retenu son nom, les hommes ont tant de noms. Le jeune homme me souriait, il avait la peau brune et un visage de dieu. Il a sorti du vase posé sur la table le bouquet de roses pâles, et me les a tendues, les tiges dégouttantes. Je les ai prises en riant et il a ri aussi, en me montrant sa main où scintillait une perle de sang. Puis il nous a laissés pour aller détacher les amarres et rejoindre le poste de pilotage. Le bateau est parti.

On a bu un verre ou deux, et on a commencé à se toucher. Combien de temps faut-il pour épuiser le désir ? Mes mains qui ouvraient sa chemise, ma bouche qui cherchait sa bouche, qui le baisait partout au visage avec ferveur, qui cherchait sa peau, ses poils, qui baisait son torse, ses épaules, son ventre, mon nez qui cherchait dans ses plis son odeur, ma langue qui le goûtait comme lape une petite chatte, mon oreille qui se pressait contre son cœur pour mieux l'entendre battre, contre sa bouche qui chuchotait pour mieux sentir son souffle, mon ventre, mes cuisses qui le serraient et l'enserraient au plus près pour faire monter encore la brûlure dans ma fente, tout cela me disait que je n'aurais pas assez de mille ans pour épuiser mon désir de lui. Et que je n'aurais pas eu assez de mille mains, de mille bouches, de mille cuisses ouvertes, pour l'aimer à fond. Et que je n'aurais pas eu assez de deux sexes, un de femme et un d'homme, pour le baiser comme je l'aurais voulu. Je me suis mise à en pleurer.

Il m'a embrassée, caressée, mais je voulais et je ne voulais pas être consolée. J'aurais voulu le frapper et le mordre, tellement il me faisait du mal et du bien, à être tant désiré par moi ! Ce corps, cette chair, cette âme, je les avais dans l'âme et la peau, mais je ne les avais pas, je ne les aurais jamais, même si je le mangeais !

« Laisse-moi faire, laisse-moi faire... », je l'ai supplié. Et chaque fois que j'ouvrais la bouche pour lui parler, la flamme s'attisait encore entre mes jambes, j'avais là un foyer d'incendie qui se propageait, me léchait les cuisses et le cœur, et chauffait sous ma peau jusqu'aux orteils, jusqu'à la racine de mes cheveux.

Assis tel qu'il était je lui ai baissé pantalon et slip, mais sans les enlever. Je voulais voir sa bite comme ça, à moitié bandée, sortant de la culotte comme un animal fraîchement libéré. Je l'ai frottée partout sur mon visage, mes paupières, j'ai relevé mes cheveux pour m'en tapoter la nuque, les oreilles. Avec mes mains, avec ma bouche, je m'en suis occupée le plus gentiment du monde, en l'appelant ma chérie et en lui disant des mots doux, en baisant, en soupesant et en griffant aussi doucement ses couilles.

Comment pourrais-je jamais me lasser de sentir cette peau fine et odorante sur mes lèvres, sur le bout de ma langue, dans le creux de mes mains ? Rien ne pourrait me faire oublier cet adorable trésor, je le savais, et j'en éprouvais autant de désespoir que de ravissement.

Il m'a relevée, s'est avancé au bord de la banquette pour me faire asseoir sur lui. J'ai retiré ma culotte, retroussé ma robe et, à califourchon sur ses cuisses, je me suis directement empalée, mes jambes repliées dans son dos. J'ai poussé un cri de joie, et j'ai joui presque aussitôt.

La houle légère, le ronronnement du moteur nous berçaient. J'ai changé de position, pour m'empaler dans l'autre sens, debout, mes fesses tournées vers lui. Au moment de me pencher pour attraper mes genoux, dans un interstice du rideau, j'ai vu l'œil du jeune homme, derrière la fenêtre.

On est passés dans la chambre, on s'est déshabillés, pour continuer à faire l'amour sur le lit paisiblement, profondément. De temps en temps je pensais au jeune homme, son neveu, je me demandais s'il s'était masturbé en nous regardant. Oui, sûrement, il avait dû le faire, et je l'imaginais jetant son sperme au ciel de nuit comme un blanc feu d'artifice. Celui de mon amant a jailli au fond de mon vagin, pendant que je me convulsais lentement, puissamment, en un orgasme qui n'en finissait pas. Il s'est renversé sur le côté et on s'est mis à rire, le corps parfaitement dénoué.

Il s'était endormi, mais moi je ne pouvais pas, quelque chose m'en empêchait. Pourquoi garde-t-on les yeux grands ouverts sur le noir, quand il n'y a rien à voir ?

J'ai vu l'aube venir, venir à pas de biche sur le visage adoré de mon amant. Sans le réveiller je me suis levée, j'ai enfilé ma robe à même ma peau et je suis sortie, pieds nus.

Le jeune homme était là. Il m'a fait son sourire de rêve et m'a prise par la main, pour m'emmener sur le pont. On s'est étendus dos au plancher, à regarder sans rien dire le jour se lever dans le ciel, sur l'eau et les berges verdoyantes du fleuve. Des mouettes criaient dans le sillage. Le jeune homme s'est couché sur moi, et il est entré directement.

Septième nuit

La tête à la renverse, en jouissant j'ai eu l'impression d'être une mouette, moi aussi. Qui j'aime était l'une d'elles, voguant au-dessus de l'écume il me regardait le regarder dans mon plaisir, sachant que je ne pourrais jamais, jamais épuiser mon désir de lui, et que c'était pour nous deux une bénédiction, et une malédiction.

Le jeune homme parlait mal le français, mais il a su trouver des mots, avec son accent adorable, pour me jurer un amour éternel. J'ai décidé d'y croire, ses yeux étaient si profonds, sa peau si douce, et l'aube si touchante...

www.alinareyes.com

Table

Composition réalisée par PCA
44400 Rezé

Achevé d'imprimer sur les presses de

BUSSIÈRE

GROUPE CPI

à Saint-Amand-Montrond (Cher)
pour le compte des Éditions Laffont
en février 2005

N° d'édition : 45405/01. — N° d'impression : 50198.
Dépôt légal : mars 2005.

Imprimé en France